东　西／主编

广西当代作家丛书（第五辑）

空中的水稻

谢夷珊　著

广西人民出版社

图书在版编目（CIP）数据

广西当代作家丛书．第五辑．空中的水稻 / 东西主编；谢夷珊著．— 南宁：广西人民出版社，2023.4
ISBN 978-7-219-11527-5

Ⅰ．①广…　Ⅱ．①东…　②谢…　Ⅲ．①中国文学—当代文学—作品综合集—广西　②诗集—中国—当代　Ⅳ．①I218.67

中国国家版本馆 CIP 数据核字（2023）第 034061 号

GUANGXI DANGDAI ZUOJIA CONGSHU（DI-WU JI） KONGZHONG DE SHUIDAO
广西当代作家丛书（第五辑）　空中的水稻
东　西　主编
谢夷珊　著

出 版 人　韦鸿学
策　　划　罗敏超
统　　筹　覃苹萍
责任编辑　杨　珩
责任校对　周月华
封面设计　翁襄媛

出版发行　广西人民出版社
社　　址　广西南宁市桂春路 6 号
邮　　编　530021
印　　刷　广西民族印刷包装集团有限公司
开　　本　787mm × 1092mm　1 / 16
印　　张　15.75
字　　数　176 千字
版　　次　2023 年 4 月　第 1 版
印　　次　2023 年 4 月　第 1 次印刷
书　　号　ISBN 978-7-219-11527-5
定　　价　45. 00 元

总　序

从2012年党的十八大召开到2022年党的二十大召开，这段历史，在党的二十大报告中，被称为“新时代十年的伟大变革”。这十年，以习近平同志为核心的党中央团结带领全党全国各族人民，迎来了中国共产党成立一百周年，中国特色社会主义进入新时代，完成脱贫攻坚、全面建成小康社会的历史任务，实现第一个百年奋斗目标。历史性的胜利，彪炳史册。

这十年，也是中国文学界牢记习近平总书记嘱托，坚持以人民为中心的创作导向，从“高原”持续向“高峰”攀登的十年，是“文学桂军”锐意进取，不断夯实基础、壮大实力、提升影响的十年。

2001年至2012年，广西作家协会在自治区党委宣传部的大力支持下，精心组织，陆续编辑出版了“广西当代作家丛书”一至四辑共80卷本，80位广西当代有成就、有影响的作家入选该丛书，成为中华人民共和国成立以来广西文学界规模最大的文化积累工程，此举备受国内文坛瞩目。可谓功在当代，利在千秋。

从2012年至今，刚好十年过去。“文学桂军”在小说、报告文学、诗歌、散文、儿童文学等体裁创作上，又涌现出一批具有全国影响力的代表性作家，少数民族作家队伍的创作实力在全国处于领先地位。国运昌盛，文运必兴。编辑出版“广西当代作家丛书（第五辑）”，推出新一代广西作家，成为文学界共同的期待。

十年来，得益于自治区党委、政府的关心支持，得益于自治区党委宣传部的正确领导和大力扶持，“文学桂军”呈现出良好生态和健康发展势头，一批作家频频在全国重要文学刊物亮相，一批有分量的作品在全国各重要出版社出版。陶丽群获第十一届全国少数民族文学创作骏马奖，红日、李约热、莫景春获第十二届全国少数民族文学创作骏马奖，朱山坡、李约热分别获第七、第八届鲁迅文学奖提名，东西的长篇小说进入第十届茅盾文学奖前20名。十年来，据不完全统计，广西作家出版长篇小说、中短篇小说、散文、诗歌、儿童文学、报告文学等专集选集共600多部。一批作品获广西文艺创作铜鼓奖，《人民文学》《小说选刊》《民族文学》等刊物年度优秀作品奖，以及《小说月报》百花奖、花城文学奖杰出作家奖、郁达夫小说奖、茅盾新人奖、《雨花》文学奖、华语青年作家奖、《钟山》文学奖、《儿童文学》金近奖、“小十月文学奖”佳作奖、华文青年诗歌奖、三毛散文奖、冰心散文奖等，入选各类文学排行榜。“文学桂军”已然成为家喻户晓、有全国影响力的响亮品牌。

为进一步繁荣广西文学事业，全面展示党的十八大以来广西文学创作的丰硕成果及新时代广西作家的精神风貌，广西作家协会决定组织出版“广西当代作家丛书（第五辑）”。

该丛书的入选作者须具备三个条件：一是作者须为广西作

家协会会员，中国作家协会会员优先；二是近年来创作成绩突出，曾经获得全国性文学奖或自治区级文学奖；三是个人创作成绩显著，作品在全国重要刊物发表。在广泛征求意见基础上，经各团体会员推荐、广西作家协会主席团会议酝酿讨论，实行无记名投票推选，共评出入选作家20名。田耳、田湘、王勇英等作家，由于作品版权原因，遗憾无法纳入本次选编。一批作家近十年创作成果丰硕，由于已经入选前四辑丛书，本次不再选入。

习近平总书记曾多次指出，文运同国运相牵，文脉同国脉相连。文化兴则国家兴，文化强则民族强。当代中国，江山壮丽，人民豪迈，前程远大。时代为我国文艺繁荣发展提供了前所未有的广阔舞台。“文章合为时而著，歌诗合为事而作。”衡量一个时代的文艺成就最终要看作品。推动文艺繁荣发展，最根本的是要创作生产出无愧于我们这个伟大民族、伟大时代的优秀作品。没有优秀作品，其他事情搞得再热闹、再花哨，那也只是表面文章，是不能真正深入人民精神世界的，是不能触及人的灵魂、引起人民思想共鸣的。习近平总书记关于文艺工作的重要论述，已经成为广大文艺家的自觉遵循，内化于心，外化于行。收入本辑丛书的作品，内容丰富、题材广泛、风格多样，在记录伟大时代、反映现实生活、讴歌人民创造等方面，用心、用情、用力，很好地体现了以人民为中心的创作导向，集中展示了祖国南疆新时代蓬勃多姿的文学景象。

习近平总书记在党的二十大报告中指出，推进文化自信自强，铸就社会主义文化新辉煌。全面建设社会主义现代化国家，必须坚持中国特色社会主义文化发展道路，增强文化自信。坚持以人民为中心的创作导向，推出更多增强人民精神力量的优秀作品，培育造就大批德艺双馨的文学艺术家和规模宏大的文化文艺人才队伍。这为新时代新征程的文化建设和文艺创作指出了正确方向，提供了根本遵循。

当前，全党全国各族人民正在深入学习宣传贯彻党的二十大精神，满怀信心向第二个百年奋斗目标迈进。编辑出版“广西当代作家丛书（第五辑）”，可谓正当其时，也是贯彻落实《中共中央关于繁荣发展社会主义文艺的意见》和《中共广西壮族自治区委员会关于繁荣发展社会主义文艺的实施意见》，用文学助力建设新时代中国特色社会主义壮美广西的最新成果。

伟大时代必将激励、孕育伟大的作家和作品。希望广西作家和文学工作者，坚持文化自信，做到文化自强，坚守艺术理想，追求德艺双馨，不断增强脚力、眼力、脑力、笔力，以刚健、厚重、先进、质朴的创造抵达伟大时代的艺术高度。诚如中国文学艺术界联合会主席、中国作家协会主席铁凝所寄语的那样：广西文脉深厚、绵长，新时代新征程上，相信广西作家能以耀眼的才华编织崭新“百鸟衣”，描绘气象万千的“美丽的南方”。这是时代赋予我们的责任，唯有俯下身子，深入到火热生活中去，深入到人民中去，不断学习，不断攀登，以作品立身，以美德铸魂，方能不负时代，不负人民。

是为序。

石才夫

2022年10月31日

CONTENTS 目 录

春天的孤单者／

秋天的桉树林／

红米村／

我对着月亮吼起来／

我不是愤世嫉俗的人／

浪漫海岸的椰树／

穿越海岸丛林／

那个在沅水河捕鱼的人

过古武陵源

春末时节，沅水河畔落英缤纷
山塬撑开手掌，林木被舟楫载走
涧溪和河谷，暖风涤荡
暮晚之际，我隐现桃源村落
品花酒，吟小诗，青衫招摇
却见近物远景，高低错落
此刻，我必须停下等待
斜阳下，走来一个戴草帽的人
与她执手前行，啸歌天涯
行行白鹭低飞，遁入苍茫的暮色
蓦然回首，不见古人的背影
这样穿行武陵，那样告别桃林

那个在沅水河捕鱼的人

下车后，我拐向通往桃花源的路
夏天悄然降临。流水丰腴，阳光变厚
一些蘑菇头的桑树，一片披肩发的竹林
被风吹散，招来鸟雀的鼓噪

我为浪漫和欢喜而来
船只被搁浅一边。从桑树和竹林间
走出的人们，在沼池边喧哗

杭瑞高速，横跨田畴阡陌
青山般的古韵飘向远方又飘回来
这里的溪流，桃林，是安安静静的

伫立河岸，并非为了曾经的热爱
谁将踏歌前行，桃花落尽

午后，我看见那个在沅水河捕鱼的人
他的一生都在追逐桃花源

那个在沅水河捕鱼的人
他会捕鱼到终老，直至油尽灯枯

我乘坐一条古船

月亮露脸之时，我陪渔人喝花酒
吃沅水鱼，尝沅水边的农家菜
一朵忽明忽暗的渔火
倏然撞碎水底脸盆大的月亮
船歌婉转悠扬。我读晋人的诗
溯河行船，何管山水迢迢
我乘坐的是古船么？直抵桃花林
又似一双双变幻的眼睛
随时恭迎我的到来。那是恬静的
世外桃源，我领略它的神秘
月光下流淌的沅水河啊
水面薄如蝉翼，星光璀璨
坠落水中。我仍与渔人喝花酒
一群陌生的年轻人围拢过来
我醉意蒙眬爱上一个采莲的姑娘

在武陵

驻足此地，才知道武陵太古老
我寻觅晋砖隋瓦，唐树宋花
街角悬挂陈年的酒字招牌
城南旧事是传说中的桃花源
暗红的灯笼在暮色里亮起
哪家刚刚死去亲人？传来号啕
我胆战心惊，唯有选择离开
那几只夜鹰在月色下惊惶
有难言的惆怅，内心涌起悲悯
我返回民宿，丢掉世事繁华

跳进河里洗涤自己的人

春水涨时，沅水河畔雾色苍茫
捕鱼人，把自己赶下河中
把鱼虾赶往水边和岸上
暮色里，我走向那个捕鱼人
与他生火、烤鱼、煮虾蟹
却听不懂他与流水窃窃私语
当河岸的景物越加凝重
我离开那个捕鱼人穿越山塬
缤纷的草木层层叠叠堆积
最终，我钻进河畔的那间小屋
清晰窥见夕照中的沅水河
一个跳进河中洗涤自己的人
张开一双巨大无比的翅膀
并看见升起的月亮照亮他自己

花 逝

相信每个人都来寻找心中的
桃花源。我也有一颗神往的心
看世间万事万物，花开花落
我爱上春风浩荡一万里
这些日子，我穿行在桃花林
花蕊含苞，何时结满果实？
又一点一点掌握着命运……
此刻连绵的山塬依旧连绵
我终于来到一群采花人中间
拉起戴红帽子的女孩转身就跑
前面并非是世俗桃花源
我看见花瓣飘逝，流水变暖
一群鸟飞来，又一群鸟飞走

每一个早晨都适宜写诗

鸟儿鼓噪，枕着溪边的人被吵醒
我住的旅馆窗外还挂着弯月
睡足了一夜，随即早起
踏花觅径。远景近物清鲜如许
巷子里走出了我思慕的姑娘
有好听的名字，但不可能
伴我重返故里。她穿过阡陌桑田
操着方言，未必深谙武陵旧事
我涉过武陵水，迸出灵动的诗句
皆是青山美好，花香绚烂
每一个奔跑的早晨，野渡燃烟

谁于此恪守内心的秘密

遁入世外桃源，我世俗的内心
幻想一场与世隔绝的奇遇
明知不能，皆因亲历真正的武陵

傍晚的风，吹来古代的风花雪月
夜月酒吧和桃源广场奏响舞曲
离开沅水河，或许不小心撞上歧路

一遍又一遍拐弯，转过回廊
遇见几个狂傲的人，大口大口豪饮
有一人啃着猪蹄，唾沫纷飞

可我是否，与另外的陌生人碰面？
谁于此恪守内心的秘密
你从哪儿来，又要返回清静的尘世

我注意到那儿的红树

“坐看红树不知远——”
清早，读了王维的一句诗
我注意到那儿的红树
再乘渔舟，溯溪观红树
那些擎着一束束火把的红树
燃红了乡野。上岸后
踏遍青溪，遇见许多亲切的人
遇见人面红树相映衬
为何我注意的红叶没见飘落
因为在红树的枝杈上
翻飞两只喳喳叫的喜鹊，偶尔
朝我眨着调皮的媚眼
我不忍被太多疲惫困扰
整个上午，我像一个乡野花农

逐树摘花，引蝶招蜂
或许下一刻，不再注意红树
我选择无怨无悔地离开

去丹洲

我们午后抵达丹洲。临近暮晚
迎面撞见古城墙，满眼柚树
遮挡住明清两朝的砖瓦
清幽的融江，漂走往事与柚花
旧书院响起琅琅的读书声
出嫁的队伍穿过廊桥，唢呐悠扬
我们将前往对岸村落喝喜酒
祝福一对新人百年好合
两只喜鹊跃上屋檐喳喳叫唤
见证这美丽日子、大好春光
我的欣喜，瞬间被释放了出来

湘桂边地的黄昏

我再次注意到湘水注入漓江
湘地的鸟返回桂境的巢
我曾经伫立灵渠的最高处
桂境的山歌飘向湘地
我和湘地的朋友一起观日落
还会在月亮升起之前
告诉自己享受黄昏的宁静
懂得热爱朋友并惦记陌生人
关于河水流向和情感流向
我爱湘桂边地的黄昏
以及湘桂边地来来往往的人

船上的微光

竹林下的河水，船绕过这片水域
捕鱼的人，总留意河水流动
在这产卵之季，鱼虾生儿育女
一条流不完故事的河流
不断地叙说太多忧伤的往事
我从临河的窗望向河里的捕鱼人
河里的鱼虾从没告诉过我
船上的微光，照亮岸边的坟墓
我将走向那儿，与父亲互诉衷肠

清明前后

清明前后，纷纷扬扬的雨不停地下
山间的竹笋长了一截又长了一截

我去那儿采蘑菇，日子越来越明亮
这个春天我学会了劈柴、煮饭

戒掉了懒惰，我又学会了养蜂
遁入清澈的溪涧，放逐蜜蜂采集花粉

我还在那儿建起一幢棕色小屋
舀落英缤纷的泉水，伴蜂花煮酒……

酒香飘舞雨雾里，我还等一个人来
愿与她厮守，共度下半生的时光

4月4日，登天堂山仰望天堂

途经平安村，攀爬不算陡峭的山巅
迎面撞见一座小寺，咚，咚，咚

谁在敲着一声急一声缓的木鱼？
大雾笼罩小寺，看不清敲木鱼的人

香火缭绕小寺，我已拨不开浓雾
唯有抬头仰望，天堂近在咫尺

一座山连着一座山，拥簇天堂
当太阳升起，浓雾一点一点消散

我的身体，仿佛被天堂的门卡住了
群山涌动，空气稀薄，灵魂悬空

意料之外

与刚结识的一个人，在武陵源分手
左边是桑树，荷塘，竹林
右边是桃树，菜园，池沼

她往左边，我往右边，皆在思忖
不知何处再见，给对方捎些礼物
怀揣小心思，并没即时点破

谁也没料到，在这安静的下午
原先的那个岔路口已错过
她摘回一束桃花，我采回几颗桑葚

我们各自的心里，异常欢喜
在另一个岔路口重逢，似乎意料之外
而前后左右，都有指点迷津的人

红蟹，红蟹

渔隐街

黄昏时分，北流江畔的渔隐街
谦卑地恭迎最后一批鱼贩子到来
捕鱼者，满面春风提着新鲜的鱼虾上岸

鱼虾不能重返往昔的河流
不再为捕鱼者歌唱
人们丰衣足食，此刻享受幸福

我缅怀渔隐街的喧嚣时光
靠岸的码头，飘荡腥咸的味道
谁翘首以盼满载鱼虾的船队归来？

还有少年时代的朦胧情愫
一个少女的信物，两篓新鲜的鱼虾
见证一段刻骨铭心的青涩爱情

北仑河

君不见它从远天来
也不见它自海上回

当我再次穿越，我穿越的是109公里的丛林、险滩

跨过河的另一条岸是芒街，更远是河内、西贡
唯眺望到辽阔的北部湾

如果我转过脸，目光一片潮湿
我还能看到——
一个长发飘飘多乳汁的女人

红蟹，红蟹

夕照下，北流江的螃蟹成群结队
穿越一片荆棘丛生的水域
身体被染成红色，进入了捕蟹者说

它们窃窃私语，行进到月亮之上
梦想的彼岸，唤醒沉默的时光
手提红蟹的少年，回望哺育他的河流

今夜，捕捉红蟹的人早已远离
拥有红蟹的人，人生与河流一起沉浮
灵魂不会腐烂，秋风中显出寂寞

南流河鱼虾跳上岸

清早，洪水消退的河滩卵石裸露
南流河的鱼虾跳上岸
渔人们一到，又慌乱跳回水里

白州城的人来寻河鲜
有某种不祥的预兆，守候一个上午
两条黄鱼带上码头，三只青虾叫卖沙街

在我的回忆中，每当鱼虾沉入水底
渔人们脸色阴沉，目光冷峻
健康的河水，过滤不掉白州城的肮脏

夜晚，一个风烛残年的渔人燃起篝火
他发誓不再捕鱼，在篝火旁打盹，
等待黎明之前平静睡去

泪鱼从圭江水湄来

每年暮春，泪鱼从圭江水湄来
成群结队奔赴大海
总听到它们呜哇呜哇哭
像褪掉青春容颜走下河滩的阿妈
什么时候开始忧伤？

在这产卵之季，又有人捕鱼了
圭江河里肥美的泪鱼
浑浊的泪珠像泛滥的流水
我没能阻止那些捕鱼者
唯有诀别，抵达遥远的南海岸

河流上的火车

河流托起铁轨，火车驶向远方
开始是内心的慢，随后是灵感在飞

火车抵达对岸，火车属于远方
河流即将流逝，河流属于回忆

火车穿越了一条河流的两岸
火车带不走一条河流的两岸

上滇地

往西，像风一样滚过高原
又像梦游者一般升向天堂

夕阳沉没了，鸟群唤醒村落
甚至升向比灵魂更高的地方

曾经前往滇地下蛋那些家禽
多月之后，带回自己的孩子

我守候桂地，虚度太多光阴
却抓不住它们的青春的尾巴

三月的湖边还有烟草的味道
有木棉树红，月光烁烁照临

我往怒江边走

我往怒江边走，沿河逆流而上
簇拥脚旁是那么多的鱼虾
偶见竹筏船，没见波浪滔天

亲人们，于我已无悲悯可言
某日，就在河面仰望船舷上方
注定自己终非永远流浪之人

我远离最初的岸，溯水湄尽头
内心全部深陷于深谷溪涧
我掀开了最后一块伤疤，哭了

勐腊泼水节

幽谷中的河流，带来了所有的激情
阳春三月，我前往哪儿泼水
村落里的美少女，不需逐一偷窥
泼吧，泼吧，最美的娜罕姆香[①]
却没把水泼来。我的一颗心悬着
午后阳光在潮湿的林间飘荡
傍晚时分，我攀上高高的木门楼
月亮从对面峰峦升起，我唯有
带走头扎十二条辫子的傣家小姑娘

① 娜罕姆香，傣族少女名字。

瑞丽江

傍晚，我去瑞丽江边捕捞鱼虾
欣赏落日，其实并不重要
我梦想另一岸，心旌摇荡
眺望滩涂的水鸟，像多年前那样
怎奈尘世冷暖，风暴骤起
我唯有躲避。即使没与你泅渡
同一条河，没与你捕捞鱼虾
仍穿越不了美丽的红木林
我渴望，拥有一片潮湿的地带
幻想一条江两岸，被唤作爱人

斜阳下一个戴草帽的人

在背流河，一座青山和偌大开阔地之间
你望见一片芦苇，一群水鸟
河滩上的鹅卵石、泥虫、小花蟹
夏天羞涩的初恋
诸多的美好，让你珍藏

芦苇一动不动的时候
你终于听到了那些鸟鸣，却没看见
它们如此相爱。你的心肠
似乎鹅卵石般坚硬——决意远离
注定今生漂泊居无定所
又忍不住，对河水山盟海誓一场

我已成为斜阳下一个戴草帽的人

走下河堤，心随河水流动
那片芦苇被风吹起，那群水鸟
归心似箭，遁入河谷

青 涩

果实太小了，却被四月充实了内心
成为这素描的丹青，浓淡相宜
置梅兰竹菊之侧，珠帘高卷
暗香疏影来自春江花月

清水湾有那么多的青鸟，个个歪耸着头
长河落日里，我们醉饮
看来不喝下半阕宋词，花样年华
让人不堪回首？
青涩之果实，坠入滚滚红尘

我在亭阁之内，你于青山之外
重拾离愁，一样的妩媚
风流不再少年！

你忍不住感叹：我没那么酷！
可惜春似人老，满坡满河的荡漾
催至春暮

乌柏滩[1]

清凌凌的河水，被乌柏树染红了
更多的乔木，似乎生长远天上
任何时候，都孤寂地伸展枝杈
今冬开始，唯有乌柏树满滩红遍
被万千宠爱，那么多游人慕名前往
让我也有一种无可名状的冲动
在回忆中，曾与它们美丽地邂逅
甚至赶上它们的绽放，然而
更多的岁月，我碌碌无为活着
并且一直等，自己被乌柏滩染红

① 乌柏滩，桂林漓江边上一片滩涂，乌柏树遍布，冬季鲜红如火。

两河之隔

阿妈说我在一条河的月夜里降生
阿爸从另一条河带回一串彩贝
套在了我的小脖颈上

没有谁比我更熟悉的了
等待了十八年，甚至更长的岁月

有两河之隔，我逾越自己的出生地
至今那枚彩贝仍套在我脖颈
一条河太遥远，另一条河更遥远

我身陷峡谷里

陷落于此，梦见羊群和女人
我抱紧沉默的岩石
仰望巨树、枯藤、飞瀑，上升的浮云

我试图造就斑斓的原野
偶见蝴蝶飞来几只，蜻蜓飞去一群
走不出那片相思林

不至于如此孤独吧
峡谷中的鸟，不轻易远离
我更不轻易把它的所有全盘托出

在天堂山仰望月亮

等到某一天，我将告别这个世界
空旷之中，太阳熄灭
我仰望星辰，还要看一下月亮
仅那么短暂而美好的一刹那
巨大的钟声响彻内心的圣湖

等月亮沉没了，在未燃尽的光芒里
拼命爱你一场，再定生死
灵魂里的门轰然洞开
生命中汩汩涌动的清冽
快乐和幸福盛极一时

在海拔1276米之巅，我猜想月亮
去了大海。大海有潮汐，潮汐有波涛

留下遗言。要不连死
都来不及了。天空下是一个村落
是另一处天堂。是无边无际的空旷

我已然暮年

我已然暮年，落日沉没
邀你畅饮，喝至月上中天，乃至
踉踉跄跄未曾趴下
我总觉自己未醉，江山未丢
你的美人没给我，我永远拥有疆土
强盛帝国还有一截长尾巴
心有不甘，苦寻亦罢，不枉如此虚度
用洪荒之力拔出凌厉的刀锋——

最　后

最后，我将遁迹深山，寻找到墓穴
见识了风水，成为灵魂的帝王
俯视万千子民，在漫长的穿越里
你是否臆想时光倒回去，我躺在墓穴里
恭迎一个接一个风尘仆仆赶来的人
问此生，抑或彼死，生死相随？
而我还能眺望，原野上飘逝的孤烟
只在生命最后，仍有人不愿死去
哪怕多滞留世间一刻，受病魔折磨之苦

空中的水稻

一群驮着唐诗的黄鹤

夕照里，一群驮着唐诗的黄鹤
悄然潜入河谷的那片丛林
此刻，我很认真地打量它们

暮色苍茫，河岸上的农作物
透出微光，饱满的谷粒泛着金色
又如蛋黄般，层层堆叠到屋顶

一条高速公路穿越乡村的心脏
一堵古墙雕刻几个米字图案
几座粮仓矗立空旷的田野中央

月亮像一只蜜柚悬挂树梢
我突然觉得，故园多么幸福祥和

近处的风和远处的风轻轻吹拂

我的内心，不禁涌起莫大欣慰
田野的稻穗，泛着纯洁光芒
明天太阳升起，一群黄鹤把你唤醒

低飞的白鹭

我最初看见如此空旷的河滩
那么多低飞的白鹭，尖长的喙
悠然掠过水面。吟咏诗经：
“雄雉于飞，泄泄其羽——”

云絮般的芦花，随鸟鸣飘远
与我无声对峙，是时光的宁静
我涉过河流，在褐色的岩礁上
眺望白鹭，衔远山吞长河
白鹭抖落一片片洁白的羽毛
眼前倏地出现了轻飘飘的幻觉

当我独自一人在河滩跑啊跑
低飞的白鹭在夕照里降落

它们的鸣叫，与落日的钟鸣一起
我想只有这样空旷的秋天了
在即将降临的夜晚孤独吞噬我

你看到不只是两只喳喳叫的喜鹊

刚推开窗，你看见一只喜鹊
飞到树上的歪枝间，随后
又飞来一只，站在楼阁的屋檐

两只喜鹊竟没飞到一起
是否有各自想法，或同样孤独？
它们偶尔“喳喳——喳喳——”
几声欢喜几声快乐地叫着

忽然，你看见其中一只飞走
“喳”的一声，在宁静的村庄回荡
它居然义无反顾，毫无顾忌
另外一只喜鹊无奈的感受

你是否伫立原地，陪伴那只喜鹊
当幸福再次降临自己身上
你看到不只是两只喳喳叫的喜鹊

空中的水稻

让我平静地对你提起那片水稻
从背溪[①]之岸一直铺展到空中
辉映无际的金黄，随后返回背溪之岸

空中的水稻，生长在太阳的边缘
月亮的心脏。我们前往天上收粮

大地和天空的见证者，仁慈的收割人
在饥饿的季节，招来成群的麻雀
抢啄水稻，共享一场美丽盛宴?

沉甸甸的果实，充满内心和灵魂
允许岁月的宿命，大自然万物静好

我平静地对你提起那片水稻，满心欢喜

① 背溪，作者老家房子背面一条小溪。

祭

那些玉米，从来都暗暗生长
先是开垦祭，播种祭，除草祭
后是收获祭，进仓祭……

前面的村寨，有盛大祭仪
一群头戴花环美丽纯朴的少女
蓦然出现在神秘的午后

她们从一棵巨树的背后现身
一缕阳光随薄雾袅袅上升
我想，也只有这神圣祭仪了

这到底是一个什么样的祭坛
祭鱼、祭虾、祭水妖
我又独自往岸边奔跑出好远

大地的麦浪

傍晚时分，大地的麦穗浪追浪涌
天空中，点燃一朵朵火烧云
暮色中的女子，穿过乡间田塍
随后她们兴高采烈蹚过河水
追踪飞翔的麻雀，赶往垄上收粮

左边一片黄，右边一片红
落日下，麦浪翻滚直抵天涯
谁在平静的日子里欢歌又欢歌?
内心，是否感受从未有过的富有
此刻，我们向贫穷往昔致敬
大地的麦浪，唯有在回忆中珍藏

蓦然，一列绿皮火车穿越麦浪
惊醒铁丝网外一群安静吃草的羊

大地有了更多孤独的守望者
倘若你看到全是层次分明的麦浪
见证幸福的人，朝你安然走来

傍晚，最后归巢的麻雀隐没麦田
秋天里，丰收的图景太迷人了
我爱大地的麦浪，与那些孤鹜一起
除了红、黄、蓝，没见野兽出没

土地·粮食

土地比人类出现早，粮食比土地出现晚
何时开始，山川混沌，祖先曾是兽类
伫立天地之间，游走荒凉旷野
何时开始，垦出的耕地种植五谷
众多鸟雀，在丛林间鼓噪嘶鸣
自此之后，土地成为粮食的母亲
粮食成为土地孕育的孩子
最后我们才是幸福之人。自此之后
土地和粮食需要赞美。某个傍晚
我在一个世界的中心，捧读
安德烈·纪德的《地粮》，身体隐没夕照里
然而看不清大地尽头，生命暗涌
和风细雨中，一列火车，平行于天空
我懂得世界广阔、盛大，遍地种粮
我懂得自己，从来没有停止收割

在明仕田园赏稻浪

左边是青山，右边是绿水
山水之间皆稻田，空中掠过白鹭
映照出优哉游哉的游鱼
石桥下是流水，一群白鹅
优哉游哉游向神秘的边陲深处

我钻进了岸边的一座农舍
矮门前，在铺满阳光的吊椅上
看那条黑水河蜿蜒而来
透着亮光，目光所及金黄的田野
涌起稻浪。当暝色四合
异域探访的人，返回自己的家

边地的河流

一列火车平行于河流，在边地爬坡
又仿佛朝着一列山脉滑行
我们坐在火车内，感觉河水流逝
河流逆流，火车，火车却一直
爬坡。那时我一边与朋友微信聊天
一边吃晚餐。火车越来越慢
河流越来越宽阔，越来越幽暗
暮晚，列车终于抵达终点
边地渐渐隐没，河流在远方消失了

去垄上

五月的农作物长大成人
穿花衣，戴绿帽。我们亦如此穿戴
去垄上，看它们狂欢的庆典

回望谷雨，种下该种的农作物
招致布谷来，声声唤我
去垄上眺望，那么多饱满的果实
朝四野铺开，幸福、盛大！
来啊——

我终见到我之所见

晴朗的日子里稻穗扬花
不必回避花将逝，一片浅绿的田野
我心未眠，倾斜另一个世界

少年时代的饥饿，挤压肚皮
失重，甚至摇摇晃晃
发自内心的孤独，竟如此迷茫
我的眼泪，忍不住流了下来

那仅仅是我当时看到的幻象
梦中的鸟雀，美丽的天使
我需要更纯洁，还有更喜欢的颜色

我终见我所见，田野仍泛绿

也能弹起来。我描述的山川、田园
在远山，近邻的村子
它空旷、广袤，以及茫茫无涯将我包围

遁入一片田畴

每当夏日，我遁入一片田畴
把一首诗铺在上面深情地朗诵
让农作物激烈拔节、摇晃
天空像一只巨罩，田畴像
一匹巨布，我将它剪成方块
然后捎向了远方的城市
随即，盛大的收割刚刚结束
我把它卷成一轴江山画卷
藏起了人间所有的寓意吉祥
那沉重的苦难以及难言的惆怅
最后，我所撰写的诗篇
让幸福躺于上面，谷粒饱满
我在谷物堆起的季节挺直脊梁
用力拎着一只硕大的箩筐
这个季节，稻浪翻滚直抵天涯

这个黄昏，我追赶大型收割机
在它的后面，及梦的边缘
是倒映的河流和黛色的天空

芒 果

春天的芒果弯弯的，像一枚青月亮
夜晚透着幽光，照临河谷里
我尚未去采摘，仍期盼它茁长
由青变黄的词语悬挂在枝丫
依稀可见月朗星稀。它们何时
才长成黄色的芒果、成熟的芒果
以及乡愁中透明闪耀的芒果？

那一枚枚弯弯的果实，如何
让我打开河谷的风光，描摹
一层层鹅黄般的果肉，流蜜般的果汁
如何让我剥出夏天灼热的唇？
甚至身体，仿佛置于红丘陵之上

幸福早悬挂那儿了，犹如某些思恋
今夜，我无边的孤独都源于它

透过浓密的枝丫，芒果在月下流泪
我懂得烂在地里不只是果实
而是人们永远都无法原谅的悲伤

粤桂边村

从一道山梁拐下另一重丘陵，嘿嘿：
这么快就过到了粤境
可以说逃离深山钻进荔园
盛夏的六月灌满浆果
桂味和妃子笑，在合江小村流连忘返
我唯有深深的眷恋，陵江和罗江
汇聚于此，从高峻的桂地而来
只不过，一条自西北缓慢流下
另一条向东北奔涌而出
父亲在桂地出生，母亲于粤地降世
我在两地间来回穿梭，无数次
抵达合江小村，童年的某日清晨
小村的外婆捎来了话：
“这边已大旱七七四十九天不降雨。”
下午，老师布置写记叙文

要求运用一些比喻甚至夸张手法
我胡思乱想，在作文本上写下：
“我在桂地撒泡尿，粤境那边江水涨！”
想不到，那晚天降暴雨
第二天清晨，我前往粤境看望外婆
合江小村竟然泛滥成灾：
青蛙躲到树上，鱼虾跳上屋顶
自此之后，合江小村成为我
永远剪不断理还乱的另一个故乡

谷镇扶来

谷镇扶来的地形，犹如饱满的谷粒
花白的大米吸引南来北往的客人
小时候，她总招惹我饥饿的胃
贫富之间像一根或松或紧的绳索
如今金灿灿的稻谷，梦一样运抵远方
我的想象中，已没有沉重和饥饿
当禾叶尖上的露珠擦亮蝴蝶的羽翅
谷穗的弯曲包裹多少激动和狂喜
我的内心，更加充实、富有……
一转眼远离那些岁月已整整十年
岭南小镇扶来，我唯有深情地遥望
对它的思念犹如故乡谷粒般饱满

荆棘丛生的河岸

荆棘丛生的河岸如此安静
那么多沙丘，那么多耀眼，她永远躺着
星光照我，圆月照我
鱼虾成群结队
幻觉的水妖被我拥抱，沿途景象迷离我的双眼

我躲于白鸟栖居的瓦房
偏僻之地，流水很古老，蒿草不新鲜了
欣悦或无言
一袭衣裳飘若浮云

荆棘丛生，远离我的河岸
那些红树连岗，再现疆土之一半
天荒人易老，世界来不及大梦初醒

可否就在今夜，寓居于此，消遣时光

那么多的渔舟，在哪里？

就在荆棘丛生中，我安谧睡去，睡去

春天的孤单者

我是一个俗人

我是一个俗人，与生俱来庸碌至极
想到活着不易，乃至平常日子与世无争

在独自的行进中，我歌颂别人的功德
岁月了无牵挂，碌碌无为安于现状

我的俗人身份太自卑，理想毁于一旦
没任何牵累，甘愿在命运中沉沦

即使远方被覆盖，我依然拼命奔跑
踏出一条艰险道路，荆棘里穿越一生

我不枉来此世一趟，每一天都是赚取
俗人有俗人的价值，那就是顽强活下去

春天的孤单者

冬天，我将以怎样惊人的速度衰老？
死神，一直追随着我的行踪
甚至给世界以狠命一击。而我
像一个孤单者，遁入春天的密林

幸好，我尚未下定最后的决心
山塬的鸟，张开铺天盖地的翅膀
这季节，恶劣天气总能将万物推毁
在人类仍没染上罕见疾病的时候

面对万物，有人想起孤单者
据说，那是他重返世界新生伊始
许多墓碑，尚未刻上预知的姓名
孤单者，我已然结识这些朋友
生命绝不会恒固不变的。实际上

有婴儿于春天降生，也会有
更多的人衰老或逝去，我穿越
时光的河流，如孤单者迷茫的双眼

我站在斜坡上

此时此刻，我站在斜坡上
知道身体必须挺直，看旭日升
远处的山峦，彩霞满天
我如何站得更直一些，这样
才感觉到这个世界平衡
斜坡更陡，乃至自己不曾跌倒
与我同时爬上斜坡的那些人
一个个衣着光鲜，被光芒笼罩
但没人注意到我是一个诗人
就像我没注意到他们是谁
不过，在我准备离开的时候
一个肩挎沉重背包的老奶奶
居然摇摇晃晃地爬上斜坡
自低处看，她随着朝阳升高
通红的脸庞异常的清晰

忽然远处的山峦，吹来一阵风
掀起我刚长出来的几根白发
而眼前的泪珠，银光闪闪

坐看枫林晚

那个黄昏，我独自一人钻进枫林
在一棵枫树下，吟咏唐诗宋词
我寻找古书里的那些枫林鸟
与坐看枫林晚的人，聆听它们的鸣叫。

太阳滚下山坡，红霞燃烟
而我仍在阅读之中，久久不愿离去
内心涌起寂寞，即使不愿寂寞
当我伫立，渴望迷失于无边的黑暗中。

暮色幻成黯红，犹如黑褐的光芒
抑或神秘的思想，这果实盛大的秋天
当我重返往昔，却不会因
一些美而遗忘，感到伤感和疲倦。
我所庆幸的枫林，归乡的喜悦

在幸福的背后。而离家的人
不知何日归来？故园生生不息的灵魂
还有那些隐没于夕照后面的黑眼睛

第一次结识释迦树

在南方山乡深秋的一个上午
一片枫林和银杏林之间，我看见
几棵释迦树，挂着一些释迦果
弯曲而蓬松的枝叶，占据半山一隅
其实，最后一茬释迦果已熟透
低垂着，我的心情反而有点忧伤

这是我第一次结识的释迦树
挂着零零落落的青黄色果实
此刻，我在树下静静呆立一会儿

一丛丛的释迦树，是否有值得
我深深地爱上它们的缘由？
秋籁之中，不会无缘无故掏空一切
我想以后，很难再看到释迦树

倏然，一群吱吱喳喳的鸟儿飞来
啄着释迦果淡青的皮和乳白的肉
这儿是不是它们相爱的地方？
于是，我空落落地离开了释迦树
离开一个圆满、清闲的上午

你从山中来

这么多天来，你躲到山中
却没躲进漫天大雾里
更没钻入满沟野果的浓浆里
那是什么样的世外桃源呢
溪涧多么翠蓝啊，是否
把两岸的青山带回久远的往昔
当你重新想起那些长尾鸟
奋力地跃上那间小木屋
甚至要迫不及待地窥探秘密
你并没有立即感到厌倦
却多么向往山外世界，就让
那些长尾鸟尾追着自己
你从山中来，携着发甜的气息
当再次走出山外的平原
是否仍带着一种愉悦的心情
在万物生长的季节释放呢

当你同样地珍藏平原的雨水
并再次回忆神秘的山中
是否一颗心，在咚咚地跳跃

我在山间仰望过一片落叶

我在秋天穿越过一道山梁
我在山间仰望过一片落叶
偶尔有些飘飞，飘远
更多的是柳絮般飘落山脚
我曾去一座寺院扫落叶
它们又缓缓随风舞蹈
我将重返山间砍伐一棵大树
熊大和熊二守护的大树
我多想与光头强交上朋友
重新学做一个好木匠
把收入存进银行卡、微信
随落叶飘逝的，是秋风
像替我悲悯一片消失的森林
我想在山间建一幢房子
背后的山坡，将来可以
埋葬伐木人，和一个木匠

聆听云开大山林涛

没有哪一座山峰这么容易触摸云朵
直抵苍穹。没有哪一只鹰
这么容易穿越云开之巅。而我
在云开山脚，很容易就走出密林

云开大山拽动云潮，我驾驶一辆
越野车爬坡，车子有些吃力
外面的人拥进山，山里的人往外跑
包括我的母亲，一个倔老太婆
我载她到高铁站，放弃原始的梦想

然而父亲，一个退休的小学校长
木讷的老头，遁入深山听鸟鸣
这天他沿着溪边走，山间里的教室
迎来一个漂亮的女大学生老师
正在深情地领着孩子们朗诵课本

我想追随父亲，却不愿打扰他
上午必须去一趟城里的新家
傍晚我还要回归深山聆听林涛
潜意识里，总与云开大山遥相呼应

山雨欲来

盼雨的人见山雨欲来，不愿安静
大雨倾盆她发来了微信：
让雨下得更猛烈些吧！屋檐下避雨
观雨的人，没等大雨初歇
就描写雨的样子，复述山川之美
她见证生命涤荡。那些雨
狠狠地砸碎自己孤寂的内心
狂傲的诗人，笔下的雨是岭南的
是中国的，也是太平洋的
曾经的山雨欲来，覆盖天空和内陆
她义无反顾奔赴大海，感受雨
母亲赶在下雨之前乘船回家
而这么多年来，满世界里欢喜的雨
大多数无疾而终，消失于
暮色苍茫的时辰，我泪流满面
观雨的人盼雨更早停止。面色安详

到雨林的另一边

我想起边境这片地域是热带雨林
早上天气预警：暴雨如注
我被突如其来的雨水愤怒冲刷
天黑越过对岸，到雨林的另一边

那儿早已没有太多的秘密
我前天捎上一枚异国的邮票
不知河流拐几个弯抵达娜罕姆香[①]家
想到久别重逢，爱已属于过去

当然，我仍旧可以继续喜欢她
相隔的距离是此岸到彼岸的距离
我们曾经拥有一片热带雨林
倘若潮湿而温暖，照样可渴望

① 娜罕姆香，傣族少女名字。

并且，唯有彼此静静的回忆——
雨后的红木林坠下脸盆大的夕阳
那时暮色苍茫，如今思念成疾
肯定能成为我到雨林另一边的缘由

在运河边上

我从运河边回来，拉走祖父当年
在奠基仪式上的旧式运泥车

如今，两岸的稻穗长势良好
几辆农用车，轰鸣开上乡村公路

重返乡下，我是幸福的运粮人
所有饱满的谷粒蹦跳滚回家

总是这样，运河边辽阔无涯
流水灌溉万物，恩泽绵长

昨日一座粮仓，矗立运河边上
旧式运泥车拉走新鲜的淤泥

若干年后，我再次走过运河边
你是否恭迎，用泪水喂养慈悲？

夏日将尽，几只野鹜重返田园
鱼虾回归河流，做着安谧的梦

圣保罗消息

午夜的微信，游尘的大姐琼柳
从那遥远的巴西圣保罗发出：
“这里空气紧张且沉重，无须多言”
在异常压抑的氛围中，我默默
祝福从未谋面的另一些人
穿越辽阔亚马孙河的热带雨林
飘过南太平洋，并非热烈的桑巴舞
却是我感受到最亲切的消息
游尘的大姐在圣保罗朗诵我的诗
温暖的文字便是故国的母语
当我看到最亲切的几行，又若
蓝天的云朵那般轻盈。一个诗人
想象少年时代穿过城市的样子
我热爱的诗人，许多消息充满
神秘的力量。游尘的大姐再度重温

父母兄弟与她合影的旧照片
我见过。风吹走疼痛的、贫困的
却又不失激情燃烧的那些岁月

午夜圣保罗消息，看来即将流下
两行泪水，狠狠拍击我的房门

某夜与拓夫朗诵《花山崖壁的舞蹈》

某夜，与诗人拓夫朗诵我的
《花山崖壁的舞蹈》。需要说明
那是我去广西崇左，宁明左江
写的一首诗。一个仅年长我几岁的
诗人拓夫，比我朗诵得更深情

当时我很自然坐着，想彰显自己
如此亲近花山这块土地。拓夫站立
仿佛站成左江岸边的蓉峰塔
他攀登花山，不知道舞蹈了没有？
他的朗诵，我体会到某种神圣

我今生肯定再没足够的勇气，再次
攀登花山。我已经年近半百了

仍适宜朗诵，适宜想起那个夏夜
在广西崇左，宁明左江，与拓夫
朗诵诗歌。然后我穿越了一次广西

与诗人大雁在暖镇谈诗

与诗人大雁谈诗，恰巧暖镇落日沉没
眼底驶过了一列高铁。我们谈到
他在自己的累镇经营着“万物坑”
是否坑万物？ 如果从暖镇攻打累镇
倘若真这样，诗坛似乎有点摇晃

我感觉世界还有点下沉。高铁远去
犹如一枚看不见速度的导弹
诗歌也会穿越的，大雁沉吟不言
天空掠过的大雁，没有注意到我们
可能注意到落日下驶过的高铁

忽然我们看到不远处的空楼盘，彳亍
而行的一个人，背着一张旧皮囊

当然那人也没看到我们。大雁说
这个画面可以成为我诗歌中的背景
还有温暖的落日以及一列远去的高铁

秋天的桉树林

跪在阳光里的人

清晨下过一场大雨，我的心滂沱过
原野清新如洗，把世间的凉爽
淋漓尽致地展现出来
我前往背溪边，描摹出一幅水墨画
春水泛滥，山川空寂，大地苍茫
抬头却见不可抗拒的悲伤
于是我放下手中的画笔，跟随
一个跪在阳光里的人
遁入夏天的门槛，今夜他将醉卧异乡
不可预测的是，还有人更早醒来
一条河流载走了好时光
一只鸟随朝阳升起，又随落日失踪

秋天的桉树林

我曾骑着自行车，经过它们
——秋天的桉树林
像一排排身穿白衣裳的人
制造出高大挺拔的秋天
风一吹，那些枝叶飒飒飘舞
这个秋天，人们将把桉树砍掉
前面走来几个木讷的人
是伐木的，其中两三个的头发
犹如桉树的枝干一般白
又蕴含着万般无奈的悲怆
内心有太多的不可测
傍晚我在返回社垌村的路上
看见的木讷人，有我父亲或叔叔

在岭南

丘陵是它一部分，平原也是它一部分
我热爱的是无杂质的天空
雾霾还未入侵这片广大地域
高速公路两旁的村落，有牛车和拖拉机
还有成片巨大的无声工厂
高高的吊塔架设在楼盘之间
左边桉树林被砍伐，右边荔枝树未长高
矮山上的褐色土裸露了大半
我身处岭南一隅，内心涌起空虚
其实在视野之内，所有的人风尘仆仆
若干鸟群盘旋在温暖的阳光下
甚至永远看不清河水流多远
我愿在这平静日子里生活，感叹和悲悯
只是远离岭南，我不懂得该如何奔跑

高铁穿越松树林

一列银白的高铁穿越一片松树林
翻涌绿波浪。走出林地的父亲
浑身散发松脂味，他的脸庞
犹如松树皮一般粗裂。透出幽光
父亲目光追随一闪而过的高铁
我回忆绿皮车的光阴，掠过一片绿
不断擦伤自己的内心和身体
父亲从没乘坐过高铁，包括我
也没陪伴他走完最后温暖的旅程
在离松树林最近的一个站台
他牵挂的儿子，终于返回自己家中

花山崖壁的舞蹈

那些为太阳照耀以及月亮辉映的图腾
手掌和足掌伸向天堂峰峦的舞蹈
河流拐一个弯，我追随它
奔赴另一片河岸。深邃的河湾
是否星辰云集，舟楫穿梭
码头笼罩着鱼腥味，更多的雾潮漫上
赫红色山崖，又袅袅坠落河中
太多人形、符号，岁月解不开的密码
这个傍晚，太阳和月亮让我膜拜
我会眺望，密林深处隐现的村舍
黑白临界，或许还会出现更大的集镇
什么也没有昭示，时间尚早
但我们乘坐的船仍舍不得离开
唯有与几个前来的女子在崖下静静发呆

孤巴村

那个男人不愿下山，攀上野猪岭，
肩挎锈迹斑斑的猎枪，
从我的眼皮底下放掉飞禽。
山外一个女人，目光穿越走兽。
峰顶弥漫棉絮般的白云，
几只秃鹰，它们用强大的尖叫，
有力的俯冲，决意抵抗。
而游离于孤巴村唯一捕猎者，
被困孤巴村。砍掉心中的大树，
用岩石的耳朵，聆听草甸牧歌，
将身体倒挂悬崖之上，
消磨我的意志，荒凉的屈辱，
若一个亡魂，孤巴村泪水与伤痕
我决意远离，回到苦难母亲身边。

采药人的一个上午

他经常早起，独自一人前往南山
现在他想采的是野芙蓉叶
整个上午，没寻到一株芙蓉
爬上高处，俯视低坡
也没寻到自己想要的叶子
然而这个比野桃树更早醒来的春天
没有什么更值得让我渴望
为何采药人必须采回野芙蓉叶
据说一个犯胃疼的病人所需
他还将遁入山沟摘神奇的金针草
甚至是另一种“鬼见怕”
我如今深爱浅粉色的芙蓉花
可是整个上午，采药人仍没回来
我所有的亲人围坐着闲聊
曾在梦中怀想不知名的植物
并且于生命里播下了健康的种子

把梅花采回山下

如果能够，你可以把梅花采回山下
我打算前往梅山采撷梅花
在山塬，你是否成为好的采花人
面对着漫山遍野的梅花
丢掉妖冶，怜惜自己的命运多舛
尚且把梅花当作爱情信物采回来

我宁愿相信初春处于完美的动荡中
所有的人，戴着和善的面具
一群一群去采花，跑往山上又赶下山
怀抱季节稍纵即逝的梅花
在腊梅飘零和桃李大放时
把相同命运的人，带回山下的故园

云开山麓的红狐

每只云开山麓的红狐，都是
一朵燃烧的云，蹿过枫林

穿着红衣裳，偶尔左顾右盼
深秋，我回到那幢红房子

枫林映红房子。你从那儿出来
红狐，把我回忆的闸门打开

一只小红狐爬到我的窗前
没让人察觉，却见林间清溪

所有花草虫鱼，小兽，我自己
孤独地聆听，枫林里的鸟鸣

重拾河埠旧时光

大叶枫巨伞一般覆盖老房子
苍茫的暮色，把远景拉近

谁捞起水中月？置于庭院
沧桑的河流里，鱼虾驮着月光
我重返河埠，钻进了老房子

屋檐下，一个神秘的失踪青年
从古墙边现身，落日凄美
隐没岸边，成为远方的故人

我已然醒来，用满河清水煮酒
河埠旧时光已然被孤寂代替

春倦记

何必如此煎熬，雷声如晨起的咳嗽
湍急的河水，未曾缓慢下来
南边的崇山峻岭，起伏连绵
一片低洼地带，怀揣白鹭体温
深邃狭长的河谷，阔大的芭蕉林
长于水边枯于岸上，直抵故乡心脏

终究太慢，瓦檐拱出青葱的柳枝
残墙间，轻轻摇摆落日之下
起伏的河堤，遍开丛丛油菜花
雨燕归来，总有太多的欣喜
与老旧时光，来一场生离死别
我唯大睡一场，也不愿在春天醒来

这里有布满沧桑的石头

秋天远离，河床抬高，流水变浅
五颜六色的石头不规则地裸露
有些像鹅蛋，有些歪歪扭扭
风一吹，吹亮这些沧桑的石头

我们为重拾往昔的相逢赶来
已满头银丝，犹如桉树的枝干
白得耀眼，那些石头也白得耀眼

梦境的流水，岁月凄厉如刀
幽暗的暮色有熠熠发光的石头
数不清尘埃，沾满河畔老树

有人说冬天降临，山河多了寂寥
人世间有了更多的欢愉和欣慰

两岸的石头与群山一般沉默
我湿漉漉的心事，铺在了歧路上

这里的河滩有布满沧桑的石头
这里茫茫的暮色将我收归己有

伐木人

大山深处粗壮的大树，伐木人别无选择
以前用斧头砍伐，现在用电锯切割
有松树、杉树和做上好家具的红木
每年补种很多，珍稀的越来越少
砍伐指标和森林生存让人类有紧迫感
唯有心中明白如何砍伐每一棵大树
用真实的劳动，不需要别人悲悯
似乎没谁让伐木人过早远离茂密森林
不忘叮嘱子孙，砍了老树还栽新树
时刻都有归宿感，艰辛地度过岁月
即使最终是灰尘，燃烧仍映出通红光芒

记忆中的运粮船

一艘忧患的运粮船，开往小镇粮所
伫立船头的父亲，唱起了高亢的歌谣
晨光里，鱼虾和鸟雀跟随船队跑
船尾的姐姐，思念送她红帽子的人

秋日的河流两岸，遍长茂盛的芦苇
芦苇丛，是一撮一撮衰败的浮草
岸上九村八十一户人家，全种红水稻
河流的两岸，裸露收割后的稻草头

那些年，我沐浴河流红色的光芒里
七月和十月，丰收的光芒把村水映红
亲人们，把晒好的稻谷装运上船
我用红米煮粥，喂给生病卧床的母亲
如今，我经常回忆起红灿灿的稻谷

偶尔返一趟村庄，总要伤感一回
傍晚去米河，看不到哪怕一艘运粮船
一船忧患的粮食，永远定格在河流

暴　雨

刚刚出门，天空划过闪电
想到应该带伞、雨衣，甚至披上围巾
暴雨如注，分不清东南西北
阵阵迷雾，还有豆大雨点扑面
忽然我的自行车，撞上了梧桐树
随后又撞上了相思树。其实
我是到城南看望一个失恋的女孩
可自行车跌跌撞撞，完全迷失方向
懵懂之中，我拐回到相思树下
停在一间自行车修理店旁。我唯有
给那个女孩打电话。没见接听
迷雾中，笼罩着以前的失恋气息
而直到闪电消失，大雨渐歇
我抵达清新如洗的城南，殊不料
女孩居住的地方，人去楼空

红米村

红米村

我最初注意到那群麻雀，自白房子屋顶
飞往一片偌大的稻田
随后不停张望，偶尔警觉盯着我
左边黄，右边红，旭日升
谷穗饱胀，像岭南少女初长成
我的内心突然冒出一些词语：
“丰腴、富饶、犹如溢出乳汁般的肥胖。”
这是红米村，盛产红米

它的名字，曾向整个世界铺开
我记得，它以往的样子很美
与我在匆匆岁月中邂逅
当我从原来的地方走到现在这个地方
再前往另一个地方，夏风甚凉
我戴着红稻秸编织的帽子，手提

红米酿的烈性米酒
吹口哨，一路招摇

更多往昔我已遗忘，时光飞逝
迷失于远方的某个角落
已近红米村黄昏，我又看见那群麻雀
自那片稻田，往白房子的屋顶
像我似曾相识的故人，每遇见同样的朋友
暮归的牧童与牛羊，我忍不住
激动万分。相约今宵
幸好，我未来晚

小米市

这村子唯一的小集
在太阳和月亮出来甚至睡觉的地方
都可以看见你，你也会看见我们

那么多南来北往的人，爱上这个地方
加入我们，内心亲切无限
数十间红木结构的米店、餐馆
用红颜料装饰的商铺
更像红米的形状。其实我们
还没走近，便能猜测到
那些红，那些细小又有质感的米粒

小米市，每天都在
喧闹地恭迎，南来北往的人

而我们，在安谧的田野
每天恭迎阳光、雨露和热爱的生活
哪怕仅仅一刻，已足够

邂逅大米铺

我们走过了山一程水一程
邂逅大米铺。当我们
再次感到累，又算什么呢
即使八千里路云和月，管它何时抵达

我们驻足大米铺
自此住下来，不遥想万水千山
风月无边。每天在大米铺
饮酒、赋诗、画稻……

其实大米铺太小，我们理想远大
不独自消遣岁月，不坐等
幸福。邂逅大米铺
我们每天饮酒，不醉不罢休

田畦上

田畦上，拥挤着青瓜、豆角、茄子、菜椒
和西红柿的果实。我看见
细小的沟渠，蝌蚪在轻轻地游动

仿佛多年前的故乡，拥有粮食、蔬菜和水
往昔的幸福，在红米村
同样给我些许温暖

红米村的田畦，大地的耳垂
属于离我们的生活
最亲近最甜蜜的地方

泛舟米河

我们还没赏够稻浪，就看见
米河，米河水缓慢流淌
连水面也是米红色的
不带任何杂质，更多的是
红米的质感，闪耀隐藏的力量与光芒

泛舟米河，问老船家：
来几壶红米酿！ 一杯又一杯
我们还想饮下，长长的米河岁月

就此吟诵一段宋词，前路漫漫：
山阻隔，水迢迢
江山如画，英雄和美人！

我们引来更多的水浇灌水稻

终于等到这一天，红米村的水稻
仍泛青，未长熟
我们想引来米河水，浇灌水稻
还有水稻之外的农作物
茄子、菜椒、木瓜和番石榴树……

远方客到，稻穗压弯了腰
透出绿，我们想
引来更多的水，浇灌水稻

在长满耳朵的田野，你也来浇水
聆听水稻说话，或谈谈理想，谈谈未来
一条红米村的金光大道
延伸到小米市、大米庄、谷镇
今夜，聚集红米村
这小小角落，暗藏丰收

我们面对稻草人说出爱

六月六之夜。帘卷南风
寓居小米市客栈，我不忍吵醒
窗外稻草人的好梦
品尝沁人肺腑的红米酿
比想象浓郁，出自红米村丰腴沃土

淳厚的质感，这金黄的村落
米河两岸的巨大丰收
我看见迎风而立的稻草人
像一群朝我招手的少女
又调皮摇头，我不由得转过身来

犹如我们的爱情萌芽
所有的往昔，赋予我少年的幸福
重返小米市客栈，六月六之夜

月华照我，星光照我
我们面对安祥的红米村，面对稻草人
大声说出：爱！

整个红米村都安静呵

寒花晚节[1]可羡，客将至
他们不会来早，酒未酣。迟归，酣畅淋漓

窗棂上溅落点点薄光
门外有篱笆墙，有木芙蓉，有黄菊
红米村就在夕照下

去红米村，在错落有致的田野
我们谈论什么呢？
没远大理想，那就赏花，赏花！

总是如此，我们眺望窗外的景致
要天地纯洁，要咏菊的诗
整个红米村都安静呵

① 寒花晚节，比喻人的晚节高尚。

我吹着喃多荷[①]长笛

我吹着喃多荷长笛
在米河的三里湾，九重水
在丰收之季，太阳升起月亮隐没之时
我聆听到两颗红米的热吻
千亩稻田和百亩菜园的碰撞之声
七月的红米村再现无尽奢华

我们的狂欢刚刚开始
口含簕鲁[②]叶子，不绝如缕的笛声
传进一座城，成为一个巨大的惊叹号
赶跑一群鸟。也许我没想到
世界这么大，喃多荷吹奏魂归故土
在村戏台演绎：霸王别姬

---

① 喃多荷，桂东南客家村落的一种乐器。
② 簕鲁，岭南地域河岸生长的一种植物，可制作喃多荷笛子。

那一刹那的斜照

那一刹那的斜照，辉映红米村
一片熟透的稻穗。几只黄白相间的鸟
越过米河的竹林，偶尔啼鸣着
从庭院传出三五声鸡鸣犬吠
还有夏天巨大的丰收
让我无限眷恋。让我每次细细品味
像是岭南的，故园的，红米村的

又像是我的。在果实巨大的秋天
拥有那么多的红米，供养我们
迎送我们。就在那一刹那的斜照下
我的思绪像暮色中的火车，朝远方奔驰

而我从没感到，它在
慢慢消逝

我忍俊不禁吟出诗来

那群鸟一点也不安分，随晚霞
飘过米河竹林，飘过耳
偶尔扫落一片残枝，我何以知道呢

光阴冉冉，落叶知秋
我自然什么也别想
在红米村，我忍俊不禁吟出诗来
在米河的夕照里
我品米酒，哼小曲，描丹青
吃红米粥，听鸡鸣犬吠……

如果伊人还在，暮色苍茫
米河径自地流淌
人约黄昏后，那鸟鸣我已闻不到

我们一直目送月亮落山

倘若红米村是一幅画
你就是画中人，披一袭红长裙
弹拨心底的琴弦，来吧！
与你一起祈祷，想世外桃源
那遥远的青春年代

今夜，远行的人是否归来
红米村早已人声鼎沸
依然没看见他们
我满不在乎。无所谓啊
是否归来明早花儿还不是一样开

我可不可以，与相爱的人
一起邀月。隔河相望

人生易老。明月朗照风尾竹林
我们一直目送月亮落山
然后靠近太阳生活

像巨鸟翅膀的红粮仓

像巨鸟翅膀的红粮仓
伫立红米村中央，紧挨几株苦楝树
这是多年前的饥饿
苦难的见证。身前是百年饥荒
身后是一个老人伫在粮仓前
眯着眼说：活下去

他的话和红粮仓
成了一座雕塑。在夏日的红米村
稻浪千顷，它们摇头晃脑
如果还可以，我会让红粮仓的红米
在我想得到的时候，运抵远方
并与你深情地对视

这是我见过最美的粮仓，红米村的粮仓

岭南的粮仓，祖国的粮仓
浅红色的大米，我还会让它
在人间，在天上，纷飞

听见簌簌秋风了吗

听见簌簌秋风了吗
却不是离别。我要红米村无涯金黄
我要声声入耳不绝如缕

一晃眼，千树万枝
幽径、树影、薄雾、碎光，自然而然
叶色花香笼罩我，秋风舒缓
不愿等到花儿全谢

你少女的嫣然一笑抖落松针满山
幸福远去不再归来
怎知道，秋天秘密已匿迹销声
重新浪迹江湖
谁赶上霜降去找那件鸿衣羽裳？

红米赞

有人曾经怂恿我对红米说出歉意
他如此这般，我嫉妒如仇
即使红米粗鄙，被一点点消灭
填饱人们的胃，亦理所当然
少年时代，我渴望拥有更多的粮仓
矗立在故乡红米村的中央
吆喝出一粥、一饭，饥饿难挨
那时，谁不为饱食一顿暗自庆幸呢？
幻想红米，田野上少了拾穗的人
那意味接近丰年。为了逃避
我竟出卖与自己息息相关的红米

我对着月亮吼起来

伐木者的黄昏

我从下河赶往水湄寻找父亲那个黄昏
是乘圭江河上溯大双林区
运木材的机船，朝沱沱岭进发。
激流声淹没机船苟延残喘的嘶鸣
落霞与墨黛河水融入苍茫的暮色
巍巍群山偶现小片枫林。
我身影愈加渺小，全然不觉得饥饿
森林如此壮阔，昭示我勇敢寻找亲情
我仰望山岚高处，传来伐木叮当
一间落叶飘舞的小屋，一群黑鸟
停泊的山崖。可惜这次
我依旧没见到逃避到此地的父亲
看不清落日下那些伐木者灰暗的脸庞

我对着月亮吼起来

那天我乘上一艘嘶鸣不止的破旧机船
已是日暮。去沱沱洲，上斜阳岛
霞光中野鹜成群结队归巢
夕阳悄然坠落河底山谷
我恍若一个飘忽不定与世隔绝的少年
浑浑噩噩地前往，居无定所
每一天甚至每一刻都懵懂地生活
时而沿河上溯，时而顺流而下
我不清楚自己的亲人是否仍活于世
恍惚之间，我看见水之湄
神秘的茅舍，隐现鬼火和坟墓
此刻月亮冉冉上升，我对着它吼起来

拖拉机

天亮一辆苟延残喘的拖拉机从村里开出
在耳畔深处轰鸣，秋天去远方
鱼肚白的晨曦中，我逃学追赶拖拉机
路旁的红蔗、蜜橘和芭蕉树
透出安谧，辽阔的大地呈现神秘
迷蒙的河对岸，没见父亲苍老的背影
母亲褴褛的身躯，与稻穗一般弯曲
那一刻我差点流泪，依旧追赶
拖拉机，一个，又一个……亲人呐
我对远方呼喊，看不清茫茫原野的尽头

夕照下的乌鸦

夕阳坠落，天边飞着凄厉叫喊的乌鸦
那一刻父亲即将死去，在暮色中
说话游丝般，念叨我们的名字
我们从地里回来，已没力烧火煮饭
肚子里空空如也，蛙鸣一般
父亲瞪着眼睛吐出一声“饿——”
我们哭了，天边的乌鸦更凄厉叫喊
稻田上空飞舞的昆虫惊恐归巢
天边升起圆月，由淡变浓最后变亮
人间所有的事物都与父亲无关
而远处滔滔的大河，暮色中泛着波光

每一个寒夜都想起母亲

冷雨敲窗，风的呼啸更大一些
旧相册里出现母亲半掩的脸
另外一半，被黑暗吞噬
寒风刺骨，滚过寂寞的乡野
病床上的母亲，更凄厉地呻吟
我想起她异常混淆的土白话
便不停地重温一遍又一遍
母亲再也不能背着箩筐出门
即使春天还没到来，果实
也还没结在青葱的枝头
正在经历的寒夜，已辜负了我

在黑暗中提灯

她在黑暗中提灯时，轻轻地咳嗽
一盏虚弱的灯，也轻轻地咳嗽
一闪一闪地照出一个老人模糊的脸
穿行在刮着刺骨寒风的小街
步履蹒跚为那推垃圾车的人照明

推垃圾车的人，影子贴地行走
孤寂的小镇很累，吃力地喘着粗气
她提灯的时候，便是咳嗽的时候
等待前方街角的拐弯，回家的行人

据说郊外的河滩有坠落的星星
其实很多时候不需提灯，需要月亮
不大的小镇，一盏灯照亮全部角落
童年的行走如浊影，更似故人
我走上码头进入街边高声呼喊爷爷

挑水的姐姐

此刻在河边，我想起姐姐
挑着一担水走向菜地
除了淋菜，她还要代替母亲
用背带把我驮在背上
那是赶在太阳升起之前
淋完一亩蔬菜，她一边淋菜
一边背诵伟大领袖的语录
她压根儿就不会知道
淋完这亩蔬菜，等待她的
这一天她即将出嫁

鸟们飞抵并栖居那片竹林

那些葱茏岁月，鸟们飞抵并栖居那片竹林
属于长青春痘的少年。我热爱那些鸟

我对着河岸大声喊：“嗬——嗬——嗬——”
鸟们飞来我的手掌，脚边窜过一只小黄鼠

上河的船，载满高岭土运往瓷州城
我的烤花碗刻画一群鸟，飞抵河岸竹林

我与母亲离开荔枝园

那些卖剩的荔枝又被母亲倒掉
我陪她清点卖荔枝得的钱
太阳不知不觉下山，暮色降临
所有的鸟雀无声无息归巢
荔枝园仍有很多未采摘的果子
怎样的收成才有丰收的喜悦
那漫山遍岭擎着的小灯笼啊
此刻风如火焰，残阳似血
很晚了，我与母亲离开荔枝园
一缕柔和的月光随之照亮头顶

苦楝树下

在那株苦楝树下，母亲点亮煤油灯
当月亮升空，她又将灯吹熄
借助皎洁的月光，飞针走线缝补衣裳

旅途中传来她的叮嘱，别忘了陋屋
前面百亩良田，背后丰腴河水
作为唯一的儿子，常聆听燕语呢喃

或许某个夜晚，我面对诸多来世
回忆的列车不停地飞奔，岁岁年年
始终没有遗忘，苦楝树下点灯的母亲

我面对一片杂草悲悯

重拾乡愁，我面对一片杂草悲悯
茅屋边的小角落，一片杂草
还没人理会，去清除杂草
需要勇气，我顿时觉得它们可怜

左右两侧是新楼，不远是别墅
山上茂密的松林被砍伐大半
在果实盛大的秋天，需要让
树木持续不断的，快速地生长

我重新想起《陌上桑》，《秋色赋》
可面对的，是茅屋后边的杂草
内心不由得产生更多的失落
即使已没人再去破坏它们疯长

芭蕉地 · 荔枝林

她少女时代穿过芭蕉地，透出芭蕉的气息
那是我的母亲，在芭蕉地里恋爱

她年轻、丰腴，十八岁种下成片芭蕉林
那个青年走出荔枝园，口含簕鲁叶子

笛声袅袅，传进偌大的芭蕉村落
她捎上芭蕉，搭乘青年运荔枝的拖拉机

多年后我在荔枝园出生，飘荡清甜的味道
人们说，我是芭蕉和荔枝孕育的孩子

如今，祖辈早埋于芭蕉地和荔枝林下
没秘密可言，我内心的孤寂如此沉重不堪

我在那蒙村度过的一个夜晚

在那蒙村的一个夜晚，在一片高大的
芭蕉林旁边。一辆货车停靠那里
远来的汉子走进一间青砖瓦房
彻夜的灯光，引来了夜莺的鸣叫
还有一个寡妇寂寞的叹息
却又不能明目张胆面对他垂泪
她16岁的儿子即将跟随货车
走南闯北。那天夜里南风吹打芭蕉
她轻轻地啜泣让我心有所触
泪水柔软内心坚硬。回忆的影子不会破碎
夏夜如此骚动又如此漫长
房门和屋顶溅落斑驳的月光
我在那蒙村度过的不寻常夜晚
天亮前，满载芭蕉的货车将女人秘密运走

从粤地返乡的傍晚

诀别了鉴江河，带走戈镐和长矛
粤剧的腔调，船溯流而上
江边古郡，隐现一片又一片废墟
一座又一座丘陵，一闪而过
荔林低矮，挂满果实，与残阳重叠
上午送葬的队伍，早已消失
山高水长，我犹如古人迎风而立
有人在水边洗手，有人在远方沉思
这是我从粤地返乡的船上
眺望河流上空的鸟群疾速归巢

在陈家大院聆听粤剧

哼着粤剧的旧调，蹚过鉴江河的十八道湾
在丰收的村落，星星闪烁在树梢
庭院里人声鼎沸，狂欢开始，随后趋于沉寂

遥远城廊传来甜美的回声，两只夜莺在浓重的夜色鸣叫
河道里舟楫穿梭，鱼虾畅游
七月的鉴江河，丰收的两岸稻浪延绵无尽

在陈家大院聆听粤剧，口含簕鲁叶，袅袅不绝的长调
传进神秘的村落，四围犬吠鸡鸣
赶跑一群走兽，失去一段故国江山
在今夜，陈家大院那么强大，夜莺叫喊秦时明月
山阻隔，水迢迢，走来英雄和美人

吴川城外，蕉风椰雨之闲吟

无须远眺，近观亭台。另一段蕉风椰雨
自高州下至化州
君问归期？非答。大海近在咫尺
携文人雅士前往闲居

滴滴沥沥的雨，下了一夜又一夜
观雨者欲言又止
上半夜下至粤地，下半夜下至桂境
今朝下至笑容斑驳

上溯南流江畔，就是半途而废的雨
平平仄仄的雨
沿廉州城、白州城，前往朱玉仙小阁对剪千年西窗

在汴河岸让我有与古人对吟的理由

仰天长啸，连中三元那个书生尽情挥霍自己的才气，
而今的我，节省下大半生时间前往汴河岸纵情赋诗。

千年邀约，从这条岸到另一条岸的距离，披荆斩棘，
拨迷雾见繁华，在汴河岸让我有与古人对吟的理由。

踩皓月于脚下，生死对语，仍见历史星空风云变幻，
才气岂耗尽？今古唱和，抚慰连绵不断的经年风霜。

我不是
愤世嫉俗的人

给镜中的自己

再不照镜我步入中年，黑发徒添几银
日暮西山当坐标，时光流逝岂无奈
头顶飘落红籽，我的绿房子不见了
缅怀往昔的相思林，谁告诉我独自牵挂
五月来临，南风甚暖，等秋日的姐妹
穿过狭窄、弯曲的小径，冬雪飘零
全在镜中。倘若某天，它照彻温暖的旅程
向往遥远的大海，歌唱万物花开
我忍不住想哭，生怕美好破碎、失踪
驶向远方一列火车，穿越黄金海岸
消逝于茫茫冰川，镜中也能照彻它
恒久的孤寂，我被照得通体透亮的灵魂

我不是愤世嫉俗的人

在相思河畔，面对流逝的河水
我不能说出自己的悲悯
我把相思，狠狠扔入河中
随后丢落灵魂和叹息
并让自己毫无保留地暴露在
山塬后面。裸露的白骨
被一辆轰鸣的垃圾车运走
谁也阻挡不了河水奔流。倘若
前往入海口，大海惊涛拍岸
盛大的落日坠落海底深谷
好吧，当我虎落平阳
明天起我不是愤世嫉俗的人
渴望大好春光，美好天气
孤傲写诗，祭奠青春
我遗忘年龄和河畔的树
那才是我的追忆及想要的流逝

浮沉之间

浮在海面的岛屿是幻觉的
头颅向上，心朝海下
经历多少时光，重复每个动作
天际飞来海鸥，远行的人
胸怀一艘远航的白轮船
伫立礁岸，聆听红浪滩琴声
眺望远方并非穷途末路
依山的宫殿，日落的渔港
浅海的鱼群往返橄榄林
经历多少时光，遨游汪洋
剥落剩下的骨头，投入鱼腹
更多的血肉一直苦苦粘连
我再次携带金色旅梦
作别、挥手，依然是幻觉

闲暇赋诗，给你寄送好天气
日落的渔港，若海市蜃楼
浮沉之间，我已返回内陆

南山寺外

木鱼一声急一声缓。在婆寨前
鸡犬相闻，嘈嘈切切不见
连绵的群山，将其层层阻隔
我从寺里走失，像一个梦游者
心悬峭崖，一点点遗忘——
倘若世外有高人，珍藏岁月的
另一个南山，这边是北岭
各怀心事，却离它那么遥远
我唯有转身朝相反方向逃遁
依旧有更多香客前来参拜
借一只白鹭，于寺外飞来飞去

冬眠记

我已修炼千年，有人曰：
“她不是仙，就是妖。”
倘若没镇塔之宝，我胡作非为
但这个冬天，内心平静
长尾巴深藏于洞穴
即使没沉睡，绝不春心萌动
游走于湖边的书生
也没有声声唤我——
我更不可能于冬天醒来
他心生情愫，我唯有躲避
邪剑挡道，亦见大胡子刀客
这距离成仙的时辰
近在咫尺，而我向往人间
噢！“生老病死恨别离”
冬日将尽，可我仍没醒来

壶洞溪泛舟

在壶洞溪，竹筏还没飘出河汊
就进入下游，内心陡然开阔

顺流而下，内心的波澜
犹如水面的翠鸟，扑棱着飞翔

飘逝、悬浮，随波逐流……
哦，从故乡到大海，泛舟前往

岸景时动时静，流淌的溪水
时而拥挤、呜咽和叫喊……

"太多已不可挽回，我终失去
自己不该拥有的一切……"

在散发淡淡野艾香的壶洞溪
我已义无反顾，一刻也不停留

说话颠倒黑白的人

我不想与说话颠倒黑白的人交谈
那时有这么一个人，爬上屋顶喊：
天塌了，天塌了，快躲藏吧！
我不想听她说话。她曾经攀上
半山腰吟诗，朗诵我写的《红月亮》
她问我，为何月亮是红色的？
在我看来，那是一轮孤愤的红月亮
她反驳，月亮为何又是灰暗的？
无数次穿越黑夜黑压压的黑。这个
说话游丝般的人，突然跳下屋顶
凝视一轮月亮从河中冉冉升起
在南方一条往南流淌的河流上
还有一条朝北逆流的北流江
两河之间河汊众多，纵横交错
数不清的叛逆，致使她说话颠倒黑白

在那个年代，我见过她飞翔
一直往月亮方向，朝下摇摇欲坠
落向饥饿的大地，飘向月亮的空中
现在仍有这么一个人，站在屋顶
颠倒黑白地喊，声音越过云开大山
当我远离枫叶飘舞的一间小屋
仍看到最后那轮孤愤的红月亮

在煌炉寺[①]

几只鸟飞上寺庙的瓦檐，叽叽喳喳
它们居然一点也不害怕
我与妻子驾车前来并非为看鸟
而是虔诚叩拜，翻阅经书
可这里的几个和尚早已离去
那个老尼姑也云游四海
遗落下这座孤零零的寺庙
我与一个叫陈缔水的同学来过
当时中学毕业前夕即将高考
我最初的愿望是考上省城
老尼姑的那些话一直回荡耳畔
犹如寺庙瓦檐上跳跃的鸟
离开煌炉寺，我多带几本《心经》回去

① 煌炉寺，位于粤桂边境上的一座寺庙。

过虎门大桥

驾车过虎门大桥，仍须小心翼翼
仿佛时光变慢了，变轻了
被这奔流不息的珠江水载走
过虎门大桥，我们无须风尘仆仆
其实，大家可以一等再等
前些天终于听到大桥恢复通车
我们兴高采烈：这么快就可过虎门

如今的悬索桥和空载桥，是否
还摇晃？ 我从没这么关心过
一座桥，一不小心送我们入虎口
六月的江水咆哮，奔向大海
却不悲伤。匆匆的赶路人
历尽艰险，终将穿过虎门
所有如释重负者，安然走下桥去

圣堂比天堂高远

我使尽吃奶的力气爬上山巅
下午的雾水里，分不清东南西北
一想到此圣堂山，比故乡的天堂山高远
并且更具神性和灵性
朝圣之际，无涯的浩荡大风撞向我

这个六月，圣堂山本该漫山滴翠
可眼前的烟雾，经久不散
对高处的膜拜，犹如对自己的期待如出一辙
攀上天堂何必在乎再抵达圣堂
不过，我仍得好好地活着
以后还要来爬圣堂山，即使一直等
经历多少风雨，返回自己的梦里

山中遇大雨

明知山中遇大雨
被雨水所占据，占据整整的一座大山
像一头困兽，像惊恐中的那些
逃遁的鸟，冲不破牢笼
没有谁在山腰的岔道迷路
穿越古老的栈道，即使大雨倾盆又何妨

有人设计出道路，通向神秘的圣堂
有人等雨水停歇，再继续前行
没人因孤独而不渴望孤独。在寂静中
享受雨水所带来的迷茫

所有的旅途令人敬畏，往回走便抵达故乡
你像雾又像风啊，笼罩在我心坎上

山间早起观流泉

我们宿山间宾馆，卧于溪涧之上
夏日良宵美景，谁都可以醉
孤寂被推至水边，哗啦啦的流水溅向自己
我若不爱你的清冽，不爱你的浪漫无边
就是一种浪费

弹拨高山流水有知音
一道道溪涧，流泉飞瀑太过震撼
我凝神、发呆，却不能为深爱的人带回礼物
唯有永远缄默下去

这海拔一千多米的小城，卧于溪涧之中
我居然感到有点儿凉
又感到有些暖。内心的空旷

不比山中天空小，容得下晨光中的事物
耐得住我逃避的忧愁和孤寂
日出辉映河川，我的心又飞回圣堂山上

闰十月十：坠落红雨

不要问这片枫林谷，坠落红雨
不要问何以出现红的缘由

傍晚许多人遁入枫林谷
雨兀自下着，一缕雾飘进林间小屋

红色的雨下在红色的枫林
而我们在白色的世界里观望

我曾带一个红衣女孩去远行
她的叛逆，犹如纷飞的泪雨

溅落在红色年代，暗夜的灯盏里
我本来应该提早向她诀别

捕猎者说

天黑之前，我将去半山腰撒网
黑夜的飞禽是逃不掉的
走兽及林妖，并不惧怕我

手中猎枪早已生锈，所有的鸟类
我都舍得放下心去怜悯
它们偷窥我，期待我走出森林

既然曾经捕猎，在黑夜里
唯有另一张网，罩住无边的欲望
我逃避的不仅是饥饿的年代

河滩上的鹅卵石

河滩上的鹅卵石，像散满一地的蛋
去冬开始，几乎是这个样子
若干年前，鹅卵石还没这么裸露
鱼虾们穿行在它们腹部之下

整个下午，一个捕鱼人坐在岸边抽烟
他看着河流的水位慢慢低下去
——“捕什么鱼啊”
捕鱼人自言自语地望了望夕阳
随后又转过脸来望了望我

我背包里塞满红叶

傍晚来到枫林谷，枫林红得一塌糊涂
明天我将离开漫山红遍的世界
背包里塞满了红叶
我还将前往曾经生活的一个地方
躲到另一个未知的居所，逃避岁月的旧债
我是今生无法偿还你感情债务的人
幸福的门槛高不可攀
此刻，坐在夕阳里
让时光流逝多好，看枫叶飘舞多好

浪漫海岸的椰树

红肚兜鸽子

鸽子肚兜的羽毛，与两岸旌旗飒飒
上午，它飞越那边教堂尖顶
暮晚，又返回这边广场闲庭信步
总是飞来飞去，不用分辨疆界
“天下之大，何处没吾之国土?”
它向游人点头，偶尔划过一道闪电
朝天空自由遨游，所有的权利
都并非谎言，连最纯净的蓝
都在它肚兜下，捎给远方的信使
内心空寂如也，两岸回声浩荡

京岛的聘礼

他用八货车海鲜换回钞票作聘礼
一大早，赶往西海湾的椰林房子
静谧的渔村沸沸扬扬炸开了锅
巫头滩所有的渔家都知道
若干年前他从海的另一片岸漂来
在大半个海域都撒下了渔网
随后乘坐鲸鱼的背脊，闪耀银光
夜晚的海水，是否托起圆月？
一个京族的小女孩凝望他出神
心被密密匝匝的网，罩得喘不过气
她最后一个亲人早在那边辞世
北仑河入海口的暖风吹过去
人们猜想那时的婚礼盛大而隆重
大海涨潮了，西海湾的气息笼罩我

北部湾，一个耸胸的女人

远离广袤的平原，远离丘陵和森林
往东粤地平坦，往西滇地挺拔
两省之间桂逶迤。北部湾却是
一个耸胸的女人。海鸥遨游夕照里
谁面对大海诳语，独自仰天号啕
狂笑抑或大哭？ 沉寂的冬季
早无鱼可捕无诗可吟，我赶往广州
驱赶羊群，你启程昆明眺望滇水
还有人蛰伏十万大山，委身于玄虚
遥远南方以南，是天涯、海角
在时光的恍惚中，我渐渐老去……

遂溪往西

被运河遗弃的那个人，往西逃离
一直行至北部湾的草潭港
横穿整个雷州半岛
暗藏刀光剑影，我躲闪不及
巨浪推来，摔得满身伤痕
为此，我告诫自己：
永远守护在运河边上
乘一条愤怒的龙舟驶往大雾中
随滔滔江水载入大海
一次又一次，坠落晚夕
椰树、棕榈，无边无垠的海岸

在江洪

渔民的拖网往海湾铺开，铺开
内心的默念，欲望与丰收
我拥有一片海域，人声鼎沸
适宜欢呼，招来了海鸥
吟诗要有好心情，内心蹦出
尖叫的词语。我在海上磨刀
你在海下与众多海豹对峙
却料不到，最终攀上海崖山
日落的方向，目送他们
拖回了巨网。我将远离海岸
回首流浪之旅，浮世末途
唯有不堪回首，凌乱刀光一片

硇洲灯塔[①]

航道里波光粼粼，有迷茫之美
是否可以对饮长风
所有的船只于午夜进入我的期盼之港
百年沧桑有苦难之痒
若内心之虚空……马鞍山上
传来的渔歌唱晚，总有一些人
吟经颂典。是否还可以聆听
硇洲小调，抑或仰天长啸
珍藏亦是缘由。我愿做一个千年的
守望者，独守灯塔旁
借一只海鸥，衔着相思飞去飞来
不想诀别，对着海里海外
此生擎一盏闪着微弱光亮的孤灯

① 硇洲灯塔，位于湛江市硇洲镇孟岗村东南海边的马鞍山上。

无人岛

没见椰树、棕榈以及橄榄雨奔跑
没见一尾忧郁的鱼提前上岸
礁石挡路，夕阳坠落深蓝的大海。

在垒起的沙丘上，我们居然忘记
随船返航。有人拼命划水
逃避、远离，有人泯灭了念想

斜照下的那些海鸟，多少次低旋
岛上无人，没见海贝的眼泪
我们的心，多少年前便支离破碎

涛　声

晨曦中的海面上掀起波浪
北部湾恍若一个巨大的火盆
燃烧到滚烫的远空……我来到铁山港
涛声传到博白的龙潭镇
栽种龙眼、芭蕉的果实，南流河的红蟹
行进到合浦入海口，流水太强大了
有谁不想拥有一片汪洋
生命的涛声在灵魂里回响

浪漫海岸的椰树

没带情人来，浪漫海岸并不浪漫
我拥抱一棵高大的椰树
对它撒娇、喊叫，捶胸并击打
但它好像不怎么理睬我
弯着腰，谦卑地俯视更多的游人
再过几天，禁渔期来临
那么多的鱼虾，渔民无法捕捞
我也无法拥有更多的浪漫
唯有给情人捎回一些清甜的椰子

我在海边盖一幢贝壳新房

那年我住海边，内陆的女友来看我
我为她盖一幢贝壳新房

新房周围，椰树旗帜般飒飒飘扬
我把鱼虾蟹和乌贼，装饰墙上
远来的游人，都注意到我的新房

我把女友迎进新房，以为拥有
世间最美的爱情。海枯石烂的誓言
每天回荡整个深蓝的海湾

多年后，我没能阻止女友返回内陆
哪怕她一颗心，也没留在海边

椰林、红树和孩子

清早，去椰林的海滩挖沙虫
午后，去红树的岸边捡贝壳
暮晚，到码头看渔民捕鱼归来
椰林、红树、孩子和温暖的家
是所有渔家人永远的牵挂

四月终于过去，等来五月
腥咸的风，吹过椰林、红树
它们也是大海孕育的孩子
早把大海的粮仓收为己有

那时，我们提着一盏盏渔灯
去海滩为所有的游人照明
并默默祈祷，为黑夜的大海
所有的梦想聚满的海滩
椰林、红树和孩子，是大海的

夏日何时来临

春末，我急匆匆地赶来
叩响那扇遮蔽很久待启的门
一个美丽少女走出门外
带她去遥远的海边怎么样
我多想建造一艘大船
转念一想，前往爪哇岛如何？
明媚阳光洒遍长长海岸
你知道，终于等来捕捞季节
五月的深海湾多么湛蓝
我们将捕获更多鱼虾归来

秋日前往海边

欢喜的鱼虾蹦跳上岸
搁浅在银色的海边
谁孤独的背影，揉碎在
落霞不停闪耀的大海
人间有辽阔，也有
狭长海岸线，隔岸不远
是异域喧嚣的小城
我那朝思暮想的亲人
拖网在晚夕下的海湾

攀爬到大海梯子上

早晨攀爬到大海梯子上
月华褪尽，采撷霞光
梦里生长那棵大树
枝杈间坠落一片星宿
结满果实，覆盖粮仓
当攀到天堂最高处
是否拽住启明星尾巴
最好给出白天许诺：
即使月亮，仅代表夜
日出，则是美好的开始

特呈岛的冼太庙

茂密的红树林，让出这片观光地
陈旧的战船，悬挂戈镐与长矛
沧桑的时光，起伏沉浮
围困我的，是台风过后屿岛的窄道
摧毁并清空它们的思想
我前往庙内，拜谒迟暮的英雄
随后，走出雄伟大殿
挥别流逝的白云，当我思忖
一阵阵的杜鹃啼血，另一群海鸟
泊在红树林的枝杈上
眺望海上凯旋的巨大船队

河流入海口

我一路跋涉，抵达了河流入海口
像一个冒险家，胸怀远航之旅
喇叭形的入海口，浊浪滔天
伫立礁石，滩涂的鱼虾涕泪浊流
深陷心灵的沼泽，孤苦无依
这条神秘之河，终归汇入大海
我少年时代便神往的汪洋
生命如此饥渴。当我仰天长啸
比往昔豪情万丈，内心浩荡
即使风暴再席卷而来，在北部湾
飒飒的防护林下，唯有彼此缄默

角尾盐场[①]

我向它靠近，惊喜地喊：
“雪”，白茫茫一片
但那些雪，只是咸！
像我和你，相爱的日子
咸涩咸涩的。又如远处那片
蔚蓝的海，潮涨潮落
差不多沉浮一辈子
我和你啊，早就白了头

① 角尾盐场，雷州半岛的一个盐场。

穿越海岸丛林

古老的渔港

裸露的旧船，停泊在孤寂的堤岸
废弃的码头，七七四十九级
晚夕下，渔民拖着沉重的渔网
女人们提着鱼篓匆匆赶来
捕鱼季，所有的旧船靠在海岸
神秘海天间，坠落无数颗黑眼睛

茶古海滩

月亮从海面升起，鸟群撒满大海
沙滩蓦然奏响摇滚音乐
集合海上的星星，海下的鱼虾
所有的捕鱼人，也匆匆赶来

蓦然，天空中开出美丽的繁花
灯影辉煌的海滩，游人如织
我伫立岛礁，擎起一束火把
观景台外，是浪追浪涌的大海
橄榄雨飘飞，伴随船长远航归来

斜照屿

傍晚乘游艇去斜照屿，落日斜照
茫茫海天之上，薄雾笼罩
在岸边洁净的沙砾上，泊满海鸟
此刻，天空坠下一颗颗金子
随游人去浮潜，观鲸抑或捕鱼
还到海蚀岩公园看海豚表演
然后顺着仙人滩浅道前往渔隐村
斜阳，一直晃悠悠跟踪我们
当抵达岛东的悬崖，它悄然沉没

海神庙

矗立在那块巨大的海岸岩礁上
潮涨潮落，悬浮于浩茫海天
如同一种永恒，重叠另一种永恒
守护梦一样的神秘之岛
午后，前往那儿祭祀海神的人
与成群的鱼虾，幻想远岸
夜晚，流动的星光朝天空奔跑
是海市蜃楼，呈现远古般的宁静
祈祷之时，天使们飞越大海
张开梦想翅膀，抵达梦境之城

海　妖

她的阿爸说海湾的海豚叫得欢
渔家的孩子说海豚就是海妖
在晚夕下的海岸弹奏乐曲
穿越辽阔天空，覆盖茫茫海水
我的橡皮艇，从哪儿驶来
不载海妖，就载“哈女[①]”阮晓玲

“哈女”的梦想，谁替她实现
我前往金滩，描摹辽阔的大海
春天，她去海湾捕鱼捞虾
我却匆匆地乘船归来，终于
发现了壮硕的海豚，她的阿爸说
在夜晚，它们是神秘的海妖

① 哈女，这里指京族女子。

香葩岛[1]之晨

一只巨鸟驮着一个天使前往香葩岛
我们寻找她时，时光突然静止
在丛林里，感觉自己早已迷失，迷失
上世纪一座教堂，钟声刚敲响，敲响
从内陆漂泊过来的人，遗忘了祖籍
母语模糊了，生命留给了早晨
徜徉在香葩岛，一只天使坠入大海

① 香葩岛，东南亚海域的一座岛屿。

宿于度假村

今夜，就宿于附近的度假村吧
是否在此说出：我的故乡在何方
而那些来自遥远国度里的人
打着瞌睡，相信明天比我醒来更早

这喧嚣之夜，有海上明月相伴
一朵一朵渔火，熄灭又点燃
波浪在翻滚，升向极限的天际
偶尔出现梦里，似有故人来
星光璀璨，淋漓酣畅展现热带风姿

无人岛外

内陆外是汪洋，汪洋外是无人岛
无人岛外是辽阔的国家乃至
日月星辰和道路。我们梦见
椰树，棕榈，橡胶，可可和橄榄
甚至胸怀整个世界和宇宙

大海托起无人岛，另外的岛屿
高高擎着天空这空空的瓶子
往海天喷出火焰。我在蓝色海岸
眼睛恍惚，无人岛外是岛屿
内心深处，有日月星辰和故乡

落日下的长洲岛

落日下的长洲岛，犹如一艘船
在大河中漂浮。我没有好好爱过它
也没有爱过夕光中飞行的蝙蝠

倘若有水妖叫喊，我看清那些贝壳
那些在暮色里蹦跳到岸上的鱼虾
见证了滩涂上自己璀璨的人生

烟波浩渺的大河，将它包围、簇拥
在岛上，我抓住全是时光的碎片
过滤往昔的沧桑、盛大、繁华……

当我面对，夕照投下的浓重阴影
浩茫的大河，掀起变幻的风暴
竟让我缺乏在岛上生存下去的勇气

还有谁？是否逃避过岁月的动荡？
在落日燃烧里，暗藏一种力量
我唯有将自己下半生遗落长洲岛上

棕榈树的海岸

此刻，我注意那棕榈树的海岸
注意到几个沧桑的老渔民
棕榈树是弯曲的，老渔民是驼背的

棕榈树巨伞般，被台风与海浪
压弯了腰。却依然再度挺拔
都经历无数次刻骨铭心的摧残
不管如何飒飒作响，那些
从大海归来的渔民，将最后返岸
注定内心笼罩死一般的孤寂

成群结队的鱼虾，陆续赶往
棕榈树的海岸，渔民曾把命运
绑在棕榈树的背脊。那些棕榈树
一年四季，长出淡黄色的果实

棕榈树的海岸，飘荡熟悉的味道

飒飒棕榈树擎于空中。砍刀
在一个清晨，把所有棕榈从中间
劈开，很多苦日子走到尽头
老渔民的后代早早提前上岸
背脊不再弯曲。当我再次注意到
高擎的棕榈树，鱼虾游回大海

前往渔隐岛

那天我乘阮福的游艇前往渔隐岛
一只红色的鸟窜向另一片海岸
“它还会飞回来”，有游客说
太阳升起，沉睡的大海苏醒过来
“边地的亲人，是否仍活于世?”
游客中，又有一个人提起
那只鸟突然鸣叫，唤来一群鸟
随即，吹来一阵湿润的风
在渔隐岛码头，为何没人守候
周围的水域弥漫饱满的气息
欢快的音节，飘向海天交接处……

错落有致的建筑，隐于椰林
游艇箭一样驶往靠岸的海鲜店
船舷飘移，平行于海岸线

除了朝霞，渔民们被染成金色
游客也是移动的，像鱼背脊上的
风景，是远方归航的巨大船队
蔚蓝的渔隐岛，永无休止
金色，此刻却红遍远处的汪洋
我的孤独不至于被无边放逐
海边兀立的几座坟墓，隐埋孤山
渔隐岛在一片椰林里寂静下来

渔隐街落日

夕照的渔隐街，高出鱼虾的背脊
马尾松下的沙滩，闪耀金光

错落有致的海鲜店，延伸到码头
五月的初潮里，飘荡鱼腥味

回忆中的落日，总是那么遥远
沉没海里，大海也曾斑斓过

悬挂屋檐的鱼虾，有我的忧伤
还有一个美丽的少女眼噙泪花

我唯有眺望，渔隐街巨大的落日
行色匆匆的人，与我擦肩而过

画海的人

他决定去画海，描摹起伏的波浪
从一片椰林穿越一片棕榈林
爬到海礁上，泼墨遥远的海崖山
头顶着天空自由飞翔的海鸥
深海的巨鲸，追随远航的渔船
他想抓住鱼虾、落霞和苍茫的暮色
一轮明月在海面火焰中隐现
他想让所有美景，统统入画
他放弃乌云和风暴，鲨鱼和海妖
从内陆赶来的人，安静享受月光
春夜升起很多翅膀，打开很多眼睛
一朵朵的渔火，闪烁不止
当他画了一半，再次仔细端详
他还将描摹一些事物、更多元素
追逐奔跑的风和弥漫的雾潮

海湾的形状、银河流动的隐忍之心
重新提笔的构架，胸有成竹
让从内陆赶来的人，走进银色旅梦
想象明月的大海，异常辽阔
此刻还想，沿时光的轨迹逆行
所有夜空涂上皎洁的颜色
当然也有不可描摹的，躲进云朵了
仰望天涯明月，朝向世间繁华

穿越海岸丛林

那些年，我穿越长长的海岸丛林
并非在动车上，但速度更快
此刻，我驾着摩托车驶向大海
享受海风的惬意。却没想过
奔赴远方，告别我青涩的青春

我必须穿越海岸丛林，一路狂奔
海岸笼罩神秘气息。回忆中
不断浮起。丛林中弥漫鱼腥味
需要返程，需要更多渔船和鱼虾
远离陈年往事，唯有一生珍藏

不会遗忘，海岸丛林褪掉了颜色
其实无法倾诉，更无可奉告

狂奔吧，唯有义无反顾地穿越
荆棘般的海岸丛林，何以念怀？
一切随风飘逝，隐没落日的大海

海边的沙洼地

海边的沙洼地有鱼儿冒头喘气
它们幻想回归大海是徒劳的
渴望珊瑚的家，改变流浪的身份
与更多的亲人相伴在深海
相对遥远的岸，你我阻隔千里
就停留沙洼地吧，渴望安宁
夕照下，永远是燃烧的海水
这儿仅是长长海滩小小的一隅
被海水冲刷形成的沙洼地
让那些在天空中飞翔的海鸥
从美人鱼和海豚的嬉戏中看见
我从遥远故乡捎来一只盛大水罐

无人滩的月亮

无人滩上无人，但月亮已经升起
冉冉托起海上，又沉没海下
星辉如月华耀眼，游船没有搁浅
月亮时胖时瘦，鱼虾时隐时现

月亮上升是孤独的，内心涌起悲怆
所以必须诀别，远离并非遗忘
海上已然无人，仅剩一枚月亮
指引海水的咆哮，和未来的宿命

那枚黄色的月亮，偶尔泛红
弥漫陈年的光芒，令人倍感亲切
曾爱上牵挂的人，难得来去自由
为某些人而活，未必局限自己
我与月亮有缘，犹与陌路人攀谈

向往星辰，即使内心空无一物
即使无人滩，头悬一轮圆月
一半是火焰，一半是透明的海水

我窥见自己的身体，盛装一个月亮
消失神秘的体内，未必毁掉自己
而低于天空的头颅，披头散发
伫立椰树的河岸，永远高出大海

合浦的红树林

在那儿，几乎全是红树林的红
它们浅红浅红遮住大片天空与海水
这如此亲近貌似远离的木本植物
我犹如摊开一本书那样捧读
比我想象的安静，像摇篮中的婴儿
我远远喊它们，也是安安静静的
在微凉的春风里，一动也不动
抚摸那些枝叶，有温情脉脉的感觉
我不由想起以前相恋的一个女孩
她略带羞怯的模样让人爱怜
我们曾牵手在黄昏的海滩漫步
也明白未来的岁月终究各奔东西
我曾答应她去看合浦的红树林

告诉她如果错过，红树林很快消失
如今合浦的红树林，她显然错过了
但仍安安静静地出现在我的面前

鱼虾记

肥硕的鱼虾窜往对岸，在捕捞之季
当河水失去往昔的浩阔、丰盈
像一条醉卧长蛇摆出弯弯的迷魂阵
蜷曲在平原田畴上，万物静好

如今，河流的捕鱼者疲倦不堪了
晨光中的鱼虾晃悠着非凡的脑袋
而我的乡亲，早早拖出渔网
太阳从河心升起，鱼虾蹦跳上岸——

丰年的粮仓，同样是这种祭仪
源于河水灌溉的农作物，加上鱼虾
男人捕捞归来，女人弯镰收起
我走下河流，窥见水中变幻的自己

你是否看见？ 夏天的鱼虾窜往对岸
倘若穿越休渔期，现身神秘大梦
它们游向大海。在岁月的记录里
自南流河出发，前往我诗歌中尖叫……

后记

2018年秋天，CCTV-10《中国影像方志》栏目的一个摄制组到广西北流市拍专题纪录片。其间需要一些美丽乡村画面素材，我作为北流市委宣传部的陪同人员，带着摄制组前往北流南部六靖镇镇南村瓦烁塘组。那儿是我的老家，是一个小盆地，土壤肥沃，适宜多种农作物生长。时值水稻收割季节，村庄在午后的慵懒阳光下，被起伏连绵的稻浪簇拥在中间，金光闪闪，十分壮观，呈现出一派安静祥和的丰收景象。我们进入村庄，看见我的堂哥树达和堂嫂淑英在稻田挥镰收割，他们都是60多岁的老人了。而隔垄一片稻田里，是一个叫李妹的女人，也在挥汗如雨，那是族兄叔伯的媳妇。说是李妹，其实也就50出头，比我年龄稍大而已。如今故乡大部分的年轻人都去往城市打拼挣钱，唯剩老人和儿童依旧厮守这方宁静的家园。

听说是我带央视摄制组来采访拍摄，堂哥堂嫂和李妹感到很意外，但随即露出了欣喜之色。他们并不惊讶我多久没回家了，而是对央视摄制组的到来充满新鲜和好奇。

央视摄制组自然需要这些大气、开阔而美丽的丰收画面，夏伟导演选好了角度，叫堂哥堂嫂和李妹自顾安心收割，当然，累了可以休息。这样的拍摄才是最真实、自然又随心所欲的。当树达哥割下稻田最后一捆水稻时，蓦地站起来，仿佛站得很高，用迷茫而坚定的眼神凝视波涛滚滚的夕阳。另两个女人各抱一捆水稻，犹如燃烧的火把，举起的火把仿佛燃到天边，不断地穿越、呼啸……当天晚上，我便写下一首诗《空中的水稻》。

适逢广西作家协会《广西当代作家丛书（第五辑）》出版一本我的诗集，突然想起自己写过这么一首诗，就以此诗作为这本诗集的名称吧。

谢夷珊

2023年2月